Unnützes Wissen für Teenager

Über 400 verblüffende und interessante Fakten für ein besseres Allgemeinwissen

UNNÜTZES WISSEN für TEENAGER

Marvin Klug

INHALTS VERZEICHNIS

- Vorwort 7
- Absurde Weltrekorde 8
- Allgemeines 12
- Arbeitswelt 16
- Deutschland 20
- Dinosaurier 5
- Essen & Trinken 6
- Frauen & Männer 32
- Fussball 36
- Gaming/Konsolen 40
- Generation Z 44
- Geschichte 48
- Handy & Internet 52
- Hunde & Katzen 56
- Jugendsprache & Bildung 60

- Kuriose Gesetze weltweit 64
- Menschlicher Körper 68
- Musik 72
- Natur 76
- Politik 80
- Pubertät 84
- Reisen 88
- Schlafen 92
- Social Media 96
- Sport 100
- Streaming 104
- Tiere 108
- Währungen 112
- Weltraum 116
- Jugendwörter 120
- Nachwort 124

6

VORWORT

Als Teenager gibt es so vieles, was wir lernen müssen: in der Schule, im Alltag und in unseren Beziehungen. Es kann manchmal schwierig sein, den Überblick zu behalten und sich auf das zu konzentrieren, was wirklich wichtig ist.

Aber keine Sorge! Dieses Buch ist genau dafür gedacht, um ein wenig Abwechslung in den Alltag zu bringen und euch mit einigen interessanten und manchmal sogar überraschenden Fakten zu versorgen, die ihr vielleicht noch nicht kanntet.

In diesem Buch werden wir uns mit dem unnützen Wissen beschäftigen, das sich nicht unbedingt auf die wichtigen Dinge im Leben bezieht, aber dennoch interessant und unterhaltsam ist. Es ist eine willkommene Ablenkung von den täglichen Herausforderungen und kann dazu beitragen, dass ihr euch einfach ein bisschen besser fühlt und sogar noch etwas für euer Allgemeinwissen tut.

Es ist wichtig zu betonen, dass dieses Buch keine definitive Anleitung für das Leben als Teenager darstellt. Stattdessen soll es als Quelle für Unterhaltung und Wissenserweiterung dienen und euch die Möglichkeit geben, etwas Neues zu lernen und eure Welt ein wenig mehr zu verstehen.

Wir hoffen, dass ihr dieses Buch genauso genießt, wie wir es beim Schreiben getan haben, und dass es euch ein bisschen Abwechslung in eurem Alltag bringt. Willkommen in der Welt des unnützen Wissens für Teenager!

ABSURDE WELT REKORDE

1. Oliver Strümpfel brach 2017 seinen eigenen Weltrekord im Maßkrug-Tragen und schleppte ganze 29 Maß Bierkrüge 40 Meter lang.

2. Der größte Mensch der Welt (dessen Körpergröße sicher belegt ist) war Robert Pershing Wadlow, der allerdings nur von 1918 bis 1940 lebte. Der Mann maß ganze 2,72 Meter.

3. Kaum zu glauben – Taekwondo-Profi Muhamed Kahrimanovic aus Hamburg hat 2017 innerhalb einer Minute 123 Kokosnüsse mit der bloßen Hand zerschlagen. Autsch!

4. Autsch, das tat bestimmt weh! Darren Taylor hält nämlich den Rekord im Bauchklatscher-Springen. Aus 11,5 Metern sprang er in einen Pool, der gerade einmal 30 Zentimeter tief ist.

5. Dieser Rekord hat mit Romantik absolut gar nichts mehr zu tun. Ekkachai und Laksana Tiranarat aus Thailand legten nämlich den Rekord im Dauerküssen fest. Und zwar liegt dieser bei sage und schreibe 58 Stunden und 35 Minuten.

6 Verrückter geht es wohl kaum. 2007 zog der Malaysier Rathakrishnan Velu eine Eisenbahn. Das „wie" ist hier allerdings das, worum es geht. Er machte das Ganze nämlich weder mit seinen Armen oder Händen, sondern lediglich mit seinen Zähnen. 297 Tonnen, sprich sechs Eisenbahnwaggons und drei Loks zog er 2,8 Meter weit.

7 Ashrita Furman zerdrückte in einem Café in New York die meisten Eier mit dem Kopf. Und zwar genau 80 Eier.

8 Achtung, es wird eklig! Engländer Ken Edwards treibt es wirklich auf die Spitze. Vor einem Publikum stopfte er sich 47 Ratten in die Unterhose und stellte somit einen Weltrekord auf.

9 Dieser Rekord ist wirklich skurril! Radha Kant Bajpai aus Indien hat die längsten Ohrhaare der Welt. Ganze 27,9 Zentimeter Haare ragen aus seinen Ohren heraus.

10 Der arme Evel Knievel wird wenig zu lachen gehabt haben, doch der legendäre Motorrad-Stuntman brach sich 433 Mal seine Knochen.

11 1922 bekam Charles Osborne Schluckauf. Weg ging der … nie mehr. Sage und schreibe 68 Jahre plagte der Schluckauf den armen Mann.

12 Bitte nicht nachmachen: Jack Hibby (der sich bereits seit mehr als 30 Jahren mit den Tieren beschäftigt) schaffte es, gleichzeitig 13 Klapperschlangen mit seinem Mund am Schwanz festzuhalten.

13 Schon mal bei der Fahrprüfung durchgeflogen? Kein Grund traurig zu sein, die 69-jährige Südkoreanerin Cha Sa-Soon versuchte es sicher öfter – 960-mal, um genau zu sein.

14 Der Mann mit den größten Füßen der Welt lebt in Marokko, seine Füße sind 38,1 Zentimeter lang.

15 Der größte und schwerste Apfel der Welt wurde laut Guinness-Buch der Rekorde 2005 in Japan geerntet und wog 1,8 Kilogramm. Die größte Zitrone stammt aus Israel, wog 5,3 Kilogramm und maß 35 Zentimeter.

ALL-GEMEINES

1 Perlen lösen sich in Wasser auf.

2 Heißes Wasser löscht Feuer besser als kaltes Wasser.

3 Hättest du gedacht, dass der Vollmond um das zehnfache heller ist als ein Halbmond?

4 In warmen Wasser schwimmen Schiffe schneller als in kaltem Wasser.

5 Mexiko hatte an einem Tag drei verschiedene Präsidenten.

DID YOU KNOW?

6 In Peru gibt es keine öffentlichen Toiletten.

7 Der erste Unternehmer, der seinen Mitarbeitern Samstag und Sonntag frei gegeben hat, um mehr Freizeit mit ihren Autos verbringen zu können, war der Industriemanager Henry Ford. Erst hierdurch entstand die Idee des Wochenendes.

8 Die Abkürzung „UFO" steht unter anderem für „unabhängige Flugbegleiter Organisation", die Gewerkschaft deutscher Flugbegleiter.

9 Ein kurzes Nickerchen nach dem Lernen hilft deinem Gedächtnis, sich die gelernten Dinge besser zu merken. Dann mal los!

10 Mario Barth machte nach dem Realschulabschluss eine Ausbildung zum Kommunikationselektroniker, Fachrichtung Telekommunikation. Bevor er 1995 eine Schauspielausbildung absolvierte.

DID YOU KNOW?

11 Insgesamt gibt es in Deutschland über 20.000 Studiengänge, davon sind ca. 18.700 Bachelor- oder Masterstudiengänge (Stand 2020/2021). Möchtest du studieren gehen?

12 Die Weltweiten E-Commerce-Umsätze steigen um knapp 20 % in Folge der Corona-Pandemie. Der Trend zum Online-Shopping steigt immer mehr an.

13 Die Firma Carglass heißt in England Autoglas.

14 Vier von fünf Menschen atmen hauptsächlich durch ein Nasenloch. Dabei wechseln die Nasenlöcher stündlich.

15 Babys haben bei ihrer Geburt noch keine richtigen Kniescheiben. Der Knorpel verhärtet sich erst im Laufe der Zeit.

DID YOU KNOW?

ARBEITS WELT

1. In Japan ist es üblich, während der Arbeit zu schlafen. Es ist ein Zeichen von harter Arbeit und macht einen guten Eindruck, deshalb wird das Schlafen manchmal auch nur vorgetäuscht.

2. In Deutschland gibt es über 989 Berufsschäfer.

3. Der häufigste Vorname in deutschen Chefetagen ist Wolfgang. Ziemlich interessant, oder?

4. Es gibt viele Kuriose Berufe auf der Welt. Wasserrutschentester und Glückskeksautor klingt doch ziemlich großartig.

5. Der häufigste Krankheitstag der Woche ist der Montag. Wenig überraschend, oder?

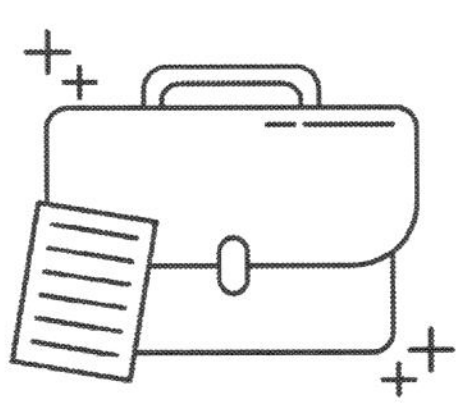

6 Sprengmeister? Präsident der Vereinigten Staaten? Auf keinen Fall! Auf Platz eins der gefährlichsten Berufe steht: der Fensterputzer! Er schuftet in luftiger Höhe und muss bei seiner Arbeit auch noch artistische Leistungen absolvieren.

7 Statistisch gesehen ist der Dienstag der produktivste Tag der Woche.

8 Ausgeschlafene Mitarbeiter sind um 20 % produktiver. 7 - 9 Stunden Schlaf sollten dafür ausreichend sein.

9 Jeder fünfte Mitarbeiter leidet unter gesundheitlichen Stressfolgen. Ziemlich trauriger Fakt.

10 Der größte Konzern der Welt ist auch der größte Arbeitgeber – und das mit einem enormen Abstand. Walmart kam zuletzt auf 2,2 Millionen Beschäftigte weltweit.

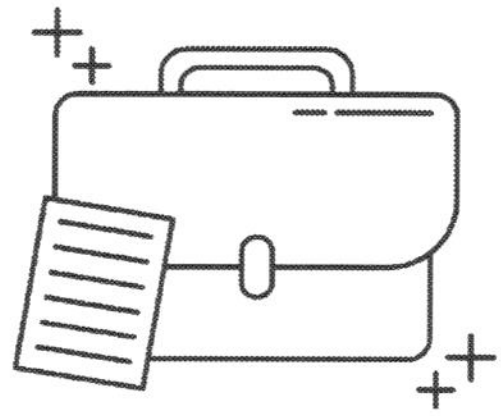

11 Jeder fünfte Berufstätige hat innerlich schon gekündigt.

12 Im November 2022 waren 2,434 Millionen Menschen in Deutschland arbeitslos. Das waren 117.000 mehr als vor einem Jahr.

13 Rund ein Drittel unserer kompletten Lebenszeit verbringen wir am Arbeitsplatz – das ist nach dem Schlafen die zweithäufigste Beschäftigung und damit auch mehr Zeit, als wir üblicherweise mit dem Partner, der Familie oder mit Freunden verbringen.

14 In den Niederlanden beträgt die durchschnittliche wöchentliche Arbeitszeit 30,4 Arbeitsstunden. Ein Grund, in den Niederlanden zu arbeiten?

15 Die Nummer eins unter den bestbezahlten Berufen ist der Chefarzt bzw. die Chefärztin. Diese Mediziner verdienen durchschnittlich stolze 196.300 Euro brutto im Jahr. Haben die sich aber auch verdient, oder?

DEUTSCH-LAND

1. In Deutschland leben über 84 Millionen Menschen.

2. Deutschland ist das siebtgrößte Land Europas.

3. Ein Drittel von Deutschland ist von Wäldern bedeckt.

4. Deutschland ist eines der am dichtesten besiedelten Länder.

5. Berlin ist neunmal größer als Paris und hat mehr Brücken als Venedig.

6 Berlin hat den größten Bahnhof in Europa. Warst du schon mal da?

7 In Deutschland gibt es über 2.100 Burgen.

8 In Deutschland gibt es über 1.500 verschiedene Biere.

9 Das erste gedruckte Buch war in deutscher Sprache.

10 Deutschland, die Schweiz, Österreich, Luxemburg, und Liechtenstein haben deutsch als Amtssprache.

11 „Donaudampfschifffahrtselektrizitätenhauptbetriebswerkbauunterbeamtengesellschaft“ ist das längste deutsche Wort im Guinness-Buch der Rekorde.

12 Bier gilt in Bayern offiziell als Lebensmittel.

13 Die meisten Taxis in Deutschland sind von Mercedes.

14 Das Bundeskanzleramt in Berlin ist vor Ort als „Waschmaschine“ bekannt.

15 Deutschland hat über 400 Zoos, die meisten der Welt. Wie viele hast du davon schon besucht?

DINO SAURIER

1. Das Wort Dinosaurier ist altgriechisch und bedeutet übersetzt „Schreckensechse".

2. Viele Dinos wurden zwar riesig, ihr Gehirn war jedoch selten größer als das eines menschlichen Babys.

3. Die nächsten Nachfahren der Dinosaurier, die heute noch auf der Erde leben, sind weder Krokodile noch Eidechsen, sondern Vögel.

4. Der größte Dinosaurier, der jemals auf der Erde wandelte, ist der erst kürzlich entdeckte Patagotitan Mayorum. Er konnte eine Länge von 37 Metern erreichen und wog schätzungsweise bis zu 70 Tonnen.

5. Schon in der Antike fanden die Griechen, Römer, aber auch Chinesen versteinerte Dinosaurierknochen. Während die riesigen Überreste in China für Drachenknochen gehalten wurden, dachte man im Mittelalter mancherorts, dass die alten Gebeine von Riesen stammen müssten, weil sie so groß waren.

6 Tyrannosaurus Rex hatte bis zu 26,5 Liter Rotz im Schädel.

7 Dinosaurier existierten 660 Mal länger als der Mensch.

8 Nicht alle Dinosaurier hatte eine geschuppte Verkleidung – einige trugen Federn.

9 Einige Dino-Arten neigten zum Kannibalismus.

10 Der längste Name eines Dinosauriers lautet: Micropachycephalosaurus.

11 Pflanzenfressende Dinosaurier wie der Brontosaurus wurden so riesig, weil sie faul waren und es viel zu fressen gab.

12 Dinosaurier wuchsen nie aus. Zeit ihres Lebens nahmen die Echsen an Größe zu - das Wachstum ging nach der Saurier-Pubertät allerdings etwas langsamer vonstatten als zuvor.

13 Männliche Saurier waren gute Väter. Laut Untersuchungen fossiler Knochen und Gelege war es Aufgabe der Männchen, die Eier auszubrüten.

14 Zur Zeit der Dinosaurier drehte sich die Erde etwas schneller als heute. Ein Riesenechsen-Tag dauerte vor 100 Millionen Jahre deshalb nur etwa 23 Stunden.

15 Bisher wurden ungefähr 700 verschiedene Dinoarten gefunden, untersucht und benannt – von denen könnten aber einige wegfallen, wenn noch ein mal genauer nachgeschaut wird.

ESSEN & TRINKEN

1. Honig verdirbt nie. Man kann 32.000 Jahre alten Honig essen.

2. Erdnüsse sind keine Nüsse. Sie wachsen so im Boden, also sind sie Hülsenfrüchte.

3. Lachanophobia nennt man die Furcht vor Gemüse.

4. Eine Wassermelone trägt ihren Namen zurecht: Sie besteht zu 92 % aus Wasser.

5. Jeder zehnte Amerikaner war irgendwann einmal während seines Lebens mal bei McDonald's angestellt.

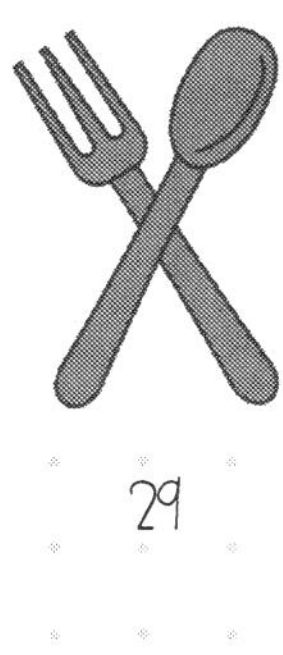

6. Ein Burger bei McDonalds darf höchstens 10 Minuten liegen bleiben, ansonsten wird er weggeschmissen.

7. Im Jahr 1970 wurden weltweit nur sechs Milliarden Dollar für Fast Food ausgegeben. Mittlerweile sind es jährlich 200 Milliarden Dollar.

8. Bei den meisten Fluggesellschaften gibt es die Regelung, dass der Pilot und der Co-Pilot eines Flugzeugs nicht die gleiche Mahlzeit essen dürfen, um der Gefahr einer Lebensmittelvergiftung beider Piloten zu entgehen. Ziemlich interessant, oder?

9. Pro Minute verkauft McDonald's 75 Burger.

10. Nutella hat einen Lichtschutzfaktor von 9,5.

11 Es gibt insgesamt nur zwei Menschen, die das Rezept für Coca-Cola kennen, weshalb sie nicht gemeinsam reisen dürfen.

12 Das Maskottchen auf der Pringles-Packung heißt „Julius Pringles".

13 Wenn Kühe zu viele Karotten essen, kann sich ihre Milch rosa färben.

14 Würde man Coca-Cola ohne Farbstoffe servieren, wäre sie grün und nicht schwarz.

15 1930 wurde Ketchup noch als Medizin verkauft.

FRAUEN & MÄNNER

1. Männer sind Muttersöhnchen. Über die Hälfte aller 24-Jährigen wohnen noch bei Mama.

2. Männerlungen haben ein um 50 Prozent größeres Lungenvolumen als Frauen.

3. Männer hassen shoppen. Der Stresspegel der meisten Männer ist vergleichbar mit dem eines Soldaten im Krieg. Geht es dir genauso?

4. Männer dehnen ihren Toilettengang gerne auf zehn Minuten aus.

5. Männer reden genauso viel wie Frauen. Das Klischee, dass Frauen mehr reden als Männer, wurde wissenschaftlich widerlegt.

6. Doppelt so viele Männer wie Frauen beenden Auseinandersetzungen damit, dass sie einfach weggehen.

7. Mit dem Alter nimmt der Testosteronspiegel bei Männern ab, sodass sie „weiblicher" werden.

8. Männer lügen im Schnitt 6 Mal am Tag - doppelt so oft wie Frauen. Hättest du das gedacht?

9. Frauen verbrauchen in ihrem Leben durchschnittlich 2,7 Kilogramm Lippenstift.

10. Jede vierte Frau isst am Tag Süßigkeiten. Bei den Männern sind es 17 %.

11 Nur 12 % aller Frauen mögen keine Katzen. Wie sieht es bei dir aus?

12 Deutsche Frauen kriegen im Durchschnitt mit 26 Jahren ihr erstes Kind.

13 Frauen können vielleicht nicht besser Auto fahren, aber sicherer. 2008 wurden nur 37 Prozent der Unfälle mit Schaden an einer Person von einer Frau verursacht.

14 Das Gehirn von Frauen ist kleiner als das von Männern, es arbeitet jedoch effizienter.

15 Die Intelligenz eines Kindes wird durch die Mutter mitbestimmt.

FUSSBALL

1. Das Rungrado 1st of May Stadium in Pjöngjang, Nordkorea, ist das größte Fußballstadion der Welt mit einer Kapazität von bis zu 150.000 Menschen.

2. Die Fußball-WM 2022 hatte ihr Eröffnungsspiel in Lusail (Katar) – eine Stadt, die bis vor Kurzem noch nicht einmal existierte.

3. Der Fußballspieler Lee Todd erhielt die schnellste Rote Karte der Fußballgeschichte. Nach dem Anpfiff zum Spielbeginn kommentierte er „F**k mich, das war laut“, was nach nur zwei Sekunden zu einer Roten Karte führte.

4. Der Fußballspieler Cristiano Ronaldo eröffnete 2013 ein Museum, das sich nur mit ihm selbst beschäftigt.

5. Es wird geschätzt, dass 55 Prozent aller Fußbälle in Pakistan produziert werden.

6. Erst drei Jahre, nachdem die ersten Fußballregeln festgelegt wurden, wurde das Handspiel verboten.

7. Wusstest du, dass seit 1896 ein Fußballfeld in Deutschland baumfrei sein muss?

8. Fußball wurde in China bereits vor 2.200 Jahren erfunden. Das Spiel hieß ursprünglich „Tsu Chu", was „Tretball" bedeutet.

9. Das schnellste Tor der Fußballgeschichte wurde 2017 in nur 2,1 Sekunden nach dem Anpfiff erzielt.

10. Der brasilianische Fußballer Ronaldinho erregte im Alter von 13 Jahren die Aufmerksamkeit der Medien, als er beim 23:0-Sieg gegen eine lokale Mannschaft alle 23 Tore erzielte. Eine wahre Legende!

11 Im Durchschnitt legen Fußballspieler in einem einzigen Spiel 11 Kilometer zurück.

12 Zehn Prozent der Einwohner Islands reisten nach Frankreich, als die Fußballmannschaft des Landes das Viertelfinale der Europameisterschaft 2016 in Frankreich erreichte.

13 Die erste Fußballweltmeisterschaft fand 1930 in Uruguay statt, bei der 13 Mannschaften gegeneinander antraten und Uruguay die Weltmeisterschaft gewann.

14 Die Meisterschale der Bundesliga hat einen Materialwert von 25.000 Euro.

15 Die Rote Karte wurde erstmals bei der WM 1970 in Mexiko eingeführt.

GAMING/ KONSOLEN

1. Sony und Nintendo wollten eine gemeinsame Konsole entwickeln. Der Deal scheiterte einen Tag nach der Enthüllung. Sony entwickelte dann seine eigene Konsole - die erste Playstation.

2. Die erste Playstation (PS1) wurde am 03.12.1994 verkauft.

3. Das blaue Logo der Playstation 2 auf schwarzem Hintergrund hat die folgende Bedeutung: Die blaue Schrift symbolisiert die Erde umgeben von der Schwärze des Weltalls.

4. Laut Sony gibt es mehr als 645 Millionen Spiele, die auf der Playstation gespielt werden können.

5. Die meistverkaufte Spielkonsole ist der Game Boy mit einem gesamt Absatz von 118,69 Millionen Stück. Hattest du auch einen Game Boy?

6. Das höchste Gesamtpreisgeld von rund 40 Millionen US-Dollar gab es bei einem eSports-Turnier im November 2022.

7. Während des Gamings wird Dopamin (Glückshormone) ausgeschüttet.

8. Bei dem ersten Auftritt von Super Mario hieß dieser noch „Jumpman" und war nicht Klempner, sondern Tischler.

9. Der Name von Super Mario´s Kumpel Luigi kommt von dem japanischen Wort „ruiji" was „ähnlich" bedeutet.

10. Das bislang meistverkaufte Videospiel der Welt ist Minecraft mit 238 Millionen Verkäufen.

11 Die Höchstpunktzahl bei Pac-Man ist 3.333.360 Punkte.

12 Die Gegner in „Angry Birds“ sind Schweine, wegen der damaligen Schweinegrippe.

13 Die teuerste Konsole ist eine PS5 in 18-Karat-Gold. (350.000 US-Dollar)

14 Das beliebteste Mobile Game ist Fortnite.

15 Der erfolgreichste E-Sportler verdiente im Laufe seiner Karriere insgesamt über 7.000.000 US-Dollar.

GENERATION Z

1. Diese Generation bezeichnet junge Menschen, die zwischen den Jahren 1995 und 2010 geboren sind.

2. Menschen aus der Generation Z werden umgangssprachlich auch Zoomer genannt.

3. 13,9 % in Deutschland macht die Generation Z aus.

4. Generation Z macht 20 % der Weltbevölkerung aus.

5. 53 % aller Teenager haben schon mal ein Produkt gekauft, da es durch Influencer beworben wurde. Gehörst du auch dazu?

6 6 - 11 Stunden verbringt ein durchschnittlicher Jugendlicher an einem Mediengerät. Wie sieht es bei dir aus?

7 Über 20 Prozent aller Jugendlichen haben mindestens ein Elternteil mit Migrationshintergrund.

8 98 % aller Jugendlichen besitzen ein Smartphone.

9 66 % davon, besitzen ein iPhone.

10 37 % aller Jugendlichen waren schon in psychotherapeutischer Behandlung.

11 Am liebsten werden YouTube Videos von der Kategorie Musik, lustige Videos und let´s Play Videos von der Generation Z geschaut.

12 Jugendliche interessieren sich immer mehr für Politik. Das sieht man auch an den vielen Demonstrationen. Interessierst du dich für Politik?

13 Außerdem ist es die erste Generation, die sich wirklich mit dem Klimawandel und der Umwelt beschäftigt.

14 Der Generation Z ist es wichtig, Arbeit und Freizeit klar zu trennen, da Arbeit im digitalen Zeitalter überall möglich ist.

15 Die wichtigsten Vorbilder der Generation Z sind laut Umfragen die Eltern und erfolgreiche Unternehmer, wie Elon Musk. Wer ist dein Vorbild?

GESCHICHTE

1. Der damalige Bundeskanzler Helmut Schmidt stoppte zeitweise die Verkabelung von deutschen Städten. Er glaubte, dass kommerzielles Fernsehen „gefährlicher ist als die Kernenergie".

2. Die Freiheitsstatue in den USA war ursprünglich kupferfarben. Die heute berühmte grüne Farbe entstand durch die Verwitterung im Laufe der Zeit.

3. Im Jahr 1315 kam es in weiten Teilen Europas zu einem Dauerregen. Er hielt von April bis November an.

4. Dem Physiker Albert Einstein wurde angeboten, Staatspräsident von Israel zu werden. Er lehnte jedoch ab.

5. 1945 sank ein deutsches U-Boot, weil der Kapitänleutnant auf der Toilette statt der Spülung ein falsches Ventil öffnete. Kann mal passieren, oder?

6 Das britische Parlament erließ 1848 ein Gesetz zur Volksgesundheit, welches besagte, dass jedes neu gebaute Haus mindestens ein WC enthalten muss.

7 Die erste Zahnpasta der Geschichte war eine ägyptische Mischung aus Bimstein und starkem Wein. Die ersten Römer putzten sich ihre Zähne mit menschlichem Urin und nahmen dies auch als Mundwasser.

8 Der kürzeste Krieg der Geschichte war 1896 zwischen Sansibar und England. Sansibar kapitulierte nach 38 Minuten.

9 Der längste Krieg der Geschichte fing am 30.03.1651 an und endete am 17.04.1986.

10 Wusstest du, dass der erste Milliardär John D. Rockefeller war?

11 Liechtenstein und Haiti hatten bis 1937 die gleiche Fahne. Aufgefallen ist das erst 1936 bei den Olympischen Spielen in Berlin.

12 Bis 1914 durfte man in den USA auch Kinder per Post verschicken. Eine günstige, aber unbequeme Reise, oder?

13 In Nevada gibt es die Geisterstadt Berlin, die 1911 aufgegeben wurde.

14 In der Antike war das Gymnasium ein Ort zum „Nackt turnen".

15 Weihrauch diente im Mittelalter auch dazu, den schlechten Geruch der Gläubigen zu überspielen.

HANDY & INTERNET

1. Am 29. Oktober 1969 wurde die erste Internetverbindung hergestellt. Bis dahin konnten nur Computer gleicher Bauart miteinander kommunizieren.

2. 1991 ging die erste Internetseite online im neuen Netz, das World Wide Web (kurz WWW).

3. Etwa 92 Prozent aller weltweiten Suchanfragen laufen über Google. Andere Suchmaschinen können da nicht mithalten.

4. Bluetooth ist nach einem dänischen Winterkönig benannt worden.

5. Netflix ist tatsächlich älter als Google. Schon 1997 wurde der Videodienst gegründet - ein Jahr früher als Google. Hättest du das gewusst?

6. Das am häufigsten genutzte Passwort ist 123456.

7. In nur 60 Sekunden werden weltweit 16 Millionen SMS verschickt und 46.200 Bilder auf Instagram gepostet.

8. In Finnland ist Handyweitwurf eine Sportart.

9. Wusstest du, dass sich auf deinem Handy mehr Bakterien als auf einem Toilettensitz befinden?

10. Kennst du das Wort „Nomophobie"? Es ist die Angst mobil nicht erreichbar zu sein.

11 2003 war das Geburtsjahr zahlreicher Plattformen. Facebook, Twitter, Instagram, WhatsApp und YouTube gingen alle im selben Jahr online.

12 In Europa gibt es mehr Handys als Menschen.

13 Es gibt mehr Menschen auf der Welt, die ein Handy besitzen, als Menschen, die eine Zahnbürste haben. Ziemlich krass, oder?

14 90 % aller verkauften Handys in Japan sind wasserdicht, damit sie unter der Dusche benutzt werden können.

15 Ganze 33 % der Smartphone Benutzer beschädigen oder verlieren ihr Handy! Bist du einer von ihnen?

HUNDE & KATZEN

1. Hunde haben drei Augenlider. Das dritte ist dazu da, Fremdkörper aus dem Auge zu entfernen.

2. Es gibt in Deutschland einen Bundesverband für Bürohunde. Es sollen mehr Hunde in Büros integriert werden, um psychischen Krankheiten entgegenzuwirken.

3. In Moskau gibt es viele Straßenhunde. Einige haben herausgefunden, wie U-Bahn fahren funktioniert und fahren in Gebiete, wo die Wahrscheinlichkeit größer ist an Futter zu kommen.

4. Die Diensthunde der Bundespolizei Bremen tragen Schuhe, als Schutz vor Schnittwunden und Krallen-Brüchen.

5. Die Abdrücke einer Hundenase sind genauso einzigartig wie Fingerabdrücke. Hunde können also theoretisch anhand ihrer Nase identifiziert werden.

6 Das streicheln eines Hundes kann den Blutdruck und die Herzfrequenz senken.

7 In den USA werden etwa eine Million Hunde von ihren Besitzern als Haupterbe im Testament eingesetzt. In Deutschland ist dies nicht möglich.

8 Nach einer Studie bekommen drei Viertel aller Hunde ein Weihnachtsgeschenk.

9 Katzen schlafen bis zu 16 Stunden am Tag, also etwa 70 % ihres Lebens. Ziemlich lange, oder?

10 Durchschnittlich schnurrt eine Katze in ihrem Leben 10.950 Stunden.

11 Eine wilde Katze muss täglich mindestens 10 Mäuse jagen, um ihren täglichen Kalorienbedarf abzudecken.

12 Aspirin kann für Katzen tödlich sein. Was Menschen gegen Kopfweh hilft, ist für Katzen gefährlich.

13 Katzen können nichts Süßes schmecken.

14 Die älteste Katze der Welt wurde 38 Jahre und 3 Tage alt.

15 Katzennasen können bis zu 15-mal besser riechen als Menschennasen.

JUGEND-SPRACHE & BILDUNG

1. Das Jugendwort des Jahres wird seit 2008 jedes Jahr vom Langenscheidt Verlag bekannt gegeben.

2. Das erste Jugendwort des Jahres von 2008 war „Gammelfleischparty“. Es ist eine etwas wenig schmeichelhafte Bezeichnung für eine ü30 Party.

3. Das Jugendwort des Jahres von 2022 wurde mit 43 % aller Stimmen „Smash“ und steht für „jemanden abschleppen“.

4. Weltweit geht jedes 5. Kind im Alter von 6 - 17 Jahren nicht zur Schule.

5. Von allen Schulen der Welt ist die größte in Indien. Es heißt, diese Schule hat über 32.000 Studenten.

6 In Turin, Italien, steht die kleinste Schule der Welt. Sie hat nur einen Schüler. Wie viele Schüler hat deine Schule?

7 Kinder, die in Pakistan leben, haben keinen Anspruch auf kostenlose Bildung. Die Pflichtschule dauert nur zwischen 5 und 9 Jahren.

8 In den Niederlanden beginnt für die Kinder die Schule bereits mit vier Jahren. Die Kinder werden jeweils zu ihren Geburtstagen eingeschult und somit beginnen nicht alle am gleichen Tag.

9 Hattest du gewusst, dass es an deutschen Schulen kuriose Wahlfächer gibt, wie Bienenkunde, Wasserballett oder Kryptologie.

10 In Brasilien ist das Mittagessen ein wichtiges Ereignis. Die Kinder beginnen um 7 Uhr morgens in der Schule und gehen mittags nach Hause, damit sie mit ihren Eltern Mittagessen können.

11 In Kenia müssen die Kinder nicht zur Schule gehen. Die meisten tun es aber.

12 Das Schulfach Stricken gibt es an isländischen Schulen.

13 Die russischen Kinder beginnen am „Wissenstag“ (1. September) mit der Schule. Hierbei ist es egal, ob Wochenende oder ein Feiertag ist.

14 Finnland hat eines der ältesten Schulanfangsalter der Welt und eines der erfolgreichsten Bildungssysteme. Die Kinder werden erst mit 7 Jahren eingeschult.

15 Die Kinder in Chile haben von Mitte Dezember bis Anfang März Sommerferien. Die Kinder haben dadurch 3 Monate frei.

KURIOSE GESETZE WELTWEIT

1. Wusstest du, dass man in der Schweiz nach 22:00 Uhr nicht mehr die Toilettenspülung betätigen darf? Verboten ist auch das Pinkeln im Stehen zu später Stunde, da - so die Meinung - die Nachtruhe der Nachbarn zwangsläufig gestört würde.

2. In Singapur darf man nur auf ärztliche Anweisung einen Kaugummi kauen. Singapur ist eines der saubersten Länder der Welt.

3. In Dubai ist das Küssen in der Öffentlichkeit verboten.

4. In den USA sind die beliebten Überraschungs-Eier verboten. Und dabei sind da manchmal echt tolle Überraschungen drin, oder?

5. In New York ist es untersagt, einen Alligator in der Badewanne zu halten. Wer wollte nicht schon immer einen Alligator als Haustier haben?

6 In Nordkorea darf man keine Jeans tragen und Piercings besitzen.

7 In England machte man sich strafbar, wenn die Briefmarke der Königin falsch herum aufgeklebt war. Dies gilt als Hochverrat und Respektlosigkeit.

8 Jeder Londoner Taxifahrer ist per Gesetz verpflichtet, einen Heuballen im Kofferraum mitzuführen.

9 In Australien (Victoria) ist es nur staatlich lizenzierten Elektrikern erlaubt, eine Glühbirne zu wechseln.

10 In Frankreich ist es verboten, einem Schwein den Namen „Napoleon" zu geben.

11 In Thailand darf man sich nicht an eine Tür anlehnen.

12 In Venedig (Italien) ist es nicht gestattet, in einem Brunnen zu baden.

13 Ertrinkende Menschen dürfen in China nicht geholfen werden. Dies wäre ein Eingriff in ihr Schicksal.

14 In Deutschland ist das Schwimmen im Abwasserkanal verboten.

15 In Deutschland zählt ein Kopfkissen als Waffe. Also Obacht bei der nächsten Übernachtungsparty.

MENSCHLICHER KÖRPER

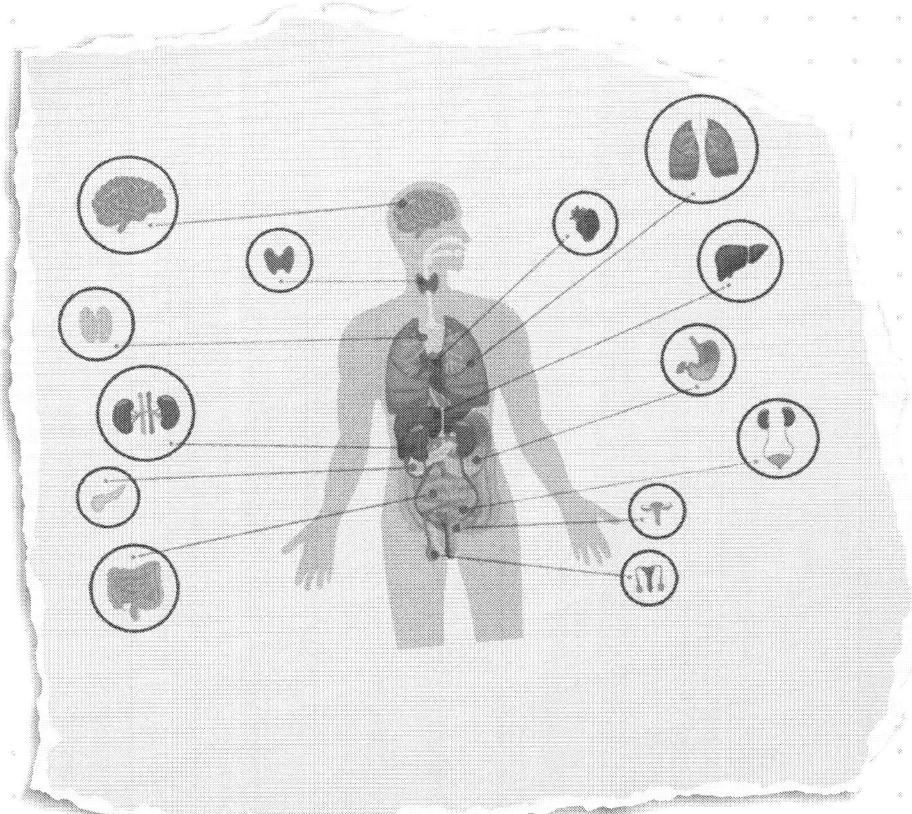

1 Ein erwachsener Mensch hat 206 bis 212 Knochen und über 120 Gelenke.

2 Nasen und Ohren wachsen ein Leben lang.

3 Der große Zeh trägt 40 % unseres Gesamtgewichts.

4 Bis zum Mond und wieder zurück! Die Länge unserer Nervenstränge beträgt etwa 780.000 Kilometer.

5 Nicht nur der Fingerabdruck ist einzigartig, auch der Zungenabdruck, sowie der Abdruck des Ohrs.

6. Das Herz ist NICHT links, sondern in der Mitte des Körpers.

7. Ohne den kleinen Finger ist unsere Hand um 50 % schwächer. Wer hätte das gedacht?

8. Der kleinste Muskel in unserem Körper ist nur drei Millimeter groß. Es ist der Steigbügelmuskel, welche sich im Ohr befindet und uns vor lauten Schallwellen schützt.

9. Der stärkste Muskel in unserem Körper ist der Kaumuskel

10. Wusstest du, dass wir morgens bis zu drei Zentimete größer sind als am Abend?

11 Schneller als die Polizei erlaubt! Wir niesen in einer Geschwindigkeit von bis zu 160 Kilometer pro Stunde.

12 Frauen haben mehr Geschmacksnerven als Männer.

13 Menschen sind die einzigen Lebewesen, die aus emotionalen Gründen weinen.

14 Schweiß stinkt nicht - erst die Bakterien auf der Haut zersetzen den Schweiß und setzen unter anderem die Substanz Buttersäure frei.

15 Augen auf - der durchschnittliche Mensch verbringt 5 Jahre seines Lebens mit Blinzeln.

MUSIK

1. Studien, sowohl mit Marathonläufern als auch mit Laufanfängern, zeigen, dass Musik die Leistung beim Sport um bis zu 15 % steigern kann.

2. Musik vermindert nachweislich die Merkfähigkeit. Solltest du also etwas auswendig lernen müssen, verzichte dabei lieber auf Musik.

3. Justin Bieber wurde als 13-Jähriger von einem Musikmanager entdeckt, da er auf seine YouTube Videos aufmerksam wurde.

4. Spielt man Termiten Heavy-Metal vor, fressen sie doppelt so schnell wie zuvor. Ziemlich erstaunlich, oder?

5. Laut mehren Studien wurde bestätigt, dass laute Musik dazu anregt, mehr zu trinken.

6 Warner Music erhält täglich 5.500 Dollar für den Song „Happy Birthday to you".

7 Mozart war erst 5 Jahre alt, als er sein erstes Stück komponiert hat.

8 Michael Jackson begann ebenfalls mit 5 Jahren seine Karriere mit seinen Geschwistern. Ihre Gruppe hieß „Jackson 5". Und was hast du so mit 5 gemacht?

9 Wusstest du, dass sowohl Jay-Z, Busta Rhymes, als auch Notorious BIG auf der gleichen High-School waren.

10 Der bekannte Song „Umbrealla" von Rihanna wurde ursprünglich von Britney Spears geschrieben

11 Elton John veröffentlichte 1997 die Single „Something about the way you look tonight". Es ist der erfolgreichste Song in Deutschland, denn er verkaufte sich 4,5 Millionen mal.

12 Forscher haben bewiesen, dass Musik Babys zum bewegen animiert.

13 Der kürzeste Song der Rockgeschichte ist „You Suffer". Er dauert 1,316 Sekunden.

14 Studien belegen, dass Musik hören gut für die Verdauung ist.

15 Wusstest du? Der Herzschlag passt sich immer dem Rhythmus der Musik an.

NATUR

1. Auf der Welt gibt es etwa 100 Blitze pro Sekunde. Nur 10 davon schlagen aber auf die Erde ein.

2. Pflanzen können einen Sonnenbrand bekommen. Bei Pflanzen zeigt sich ein Sonnenbrand durch welke oder verfärbe Blätter.

3. Das Blut von Säugetieren ist rot, das von Insekten meist gelb, und Hummer oder Pfeilschwanzkrebse haben sogar blaues Blut.

4. Eine große Gewitterwolke kann 20 bis 100 Millionen Tonnen Wasser enthalten.

5. Bäume kommunizieren, um sich zum Beispiel vor Gefahren wie bestimmten Insekten zu warnen. Dafür senden sie bestimmte Wirkstoffe in den Boden, der die umstehenden Bäume warnt, die daraufhin Gerbstoffe produzieren, um ihre Blätter so schnell es geht kräftiger und ungenießbarer zu machen.

6 Ananas brauchen zwei Jahre, um zu wachsen.

7 Du bräuchtest ungefähr 18 Monate, um die gesamte Chinesische Mauer entlangzulaufen. (Sie ist über 5.000 Meilen lang - ca. 8.047 Kilometer lang).

8 Der längste Fluss der Welt ist der Nil, mit einer Länge von 6.853 km. Seine Wasserressourcen werden von 11 verschiedenen Ländern geteilt.

9 Bambus wächst bis zu 90 cm pro Tag. Keine andere Pflanze wächst schneller.

10 Der absolute Großteil des Regens – nämlich 90 Prozent – trifft unsere Meere. Wir bekommen auf dem Land nur einen sehr geringen Teil ab.

11 Die Erde ist in Bewegung. Unterhalb der Erdkruste wirken immense Kräfte, die weltweit jeden Tag für rund 9000 Erdbeben sorgen.

12 Laut einer Studie gibt es heute weltweit über 3,04 Billionen Bäume.

13 Wenn Bäume in der Nähe von Straßenlaternen stehen, verlieren sie nicht so viele Blätter.

14 Das größte Blatt der Welt kommt aus Taiwan und hat einen Durchmesser von drei Metern. Das Riesenblatt hält ca. 80 kg aus. Man kann sich entspannt draufsetzten, ohne nass zu werden.

15 Aus Gänseblümchen kann man eine Salbe zur Minderung von Sommersprossen herstellen.

POLITIK

1. Donald Trump gewann 1991 einen Preis als schlechtester Nebendarsteller in einem Film.

2. In Indien gibt es einen Minister für Yoga und Naturheilkunde.

3. Die längste politische Rede dauerte 4 Stunden und 29 Minuten. Dies geschah in den vereinten Nationen.

4. Der Bundeskanzler in Deutschland verdient aktuell 30.000 Euro im Monat.

5. Die Mitglieder des Bundestages erhalten eine monatliche „Abgeordnetenentschädigung" in Höhe von 10.323,29 Euro. (Stand Juli 2022)

6. Das Jahresgehalt vom Bundespräsidenten der Vereinigten Staaten liegt bei rund 400.000 US-Dollar.

7. Wusstest du, dass der zweite Vorname von Barack Obama „Hussein" lautet?

8. Um Politiker zu werden, benötigt man keinerlei Aus bildungen oder Studiengänge.

9. Angela Merkel wuchs in der DDR auf und war dort als Physikerin tätig.

10. Fast 40 % der Wahlberechtigten sind 60 Jahre ode älter.

11 Die Bundestagswahl kostet über 100 Millionen Euro. Ganz schön viel Geld, oder?

12 Selfies in der Wahlkabine sind verboten.

13 Das Wahlrecht gilt nicht nur auf der Erde. Auch Astronauten dürfen wählen.

14 Frauen durften in Deutschland erst ab dem Jahre 1919 wählen gehen.

15 Angela Merkel war die erste Bundeskanzlerin der Bundesrepublik Deutschland.

PUBERTÄT

1. Wusstest du, dass die Pubertät bei Mädchen schon ab 10 Jahren oftmals beginnt? Bei Jungen beginnt diese oftmals ab 12 Jahren.

2. In der Pubertät schießen Teenager pro Jahr bis zu 10 Zentimeter in die Höhe und nehmen bis zu 8 Kilogramm an Gewicht zu.

3. Bei Jungs verdoppelt sich die Zahl der Muskelzellen.

4. Übergewicht kann zu einer früheren Pubertät führen. Daher ist eine ausgewogene Ernährung wichtig.

5. Eine typische Veränderung während der Pubertät ist der Schlaf-Wach-Rhythmus. Die Folge: Teenager werden später müde als Kinder.

6 Die Kapazität des Arbeitsgedächtnisses steigt während der Pubertät stark an. Die Merkfähigkeit hat ihren Höhepunkt mit 19 Jahren. Mit 25 nimmt sie bereits wieder ab.

7 Das Wachstum ist bei Mädchen durchschnittlich mit 17 Jahren abgeschlossen, bei Jungen mit 19 Jahren

8 In der Pubertät schüttet der Organismus vermehrt Androgene aus. Dies verursacht unter anderem Pickel, die aber kein Zeichen von schlechter Hygiene sind. Meist verschwinden diese von selbst am Ende der Pubertät.

9 Bei Jungen wächst der Kehlkopf deutlich an, wodurch die Stimme dunkler wird. Mädchen haben einen kleineren Kehlkopf, deshalb wird ihre Stimme nicht deutlich dunkler.

10 Der Stimmbruch findet größtenteils zwischen dem 11. und dem 15. Lebensjahr statt und dauert circa ein halbes Jahr.

11 In der Pubertät wird die Schweißproduktion angekurbelt.

12 Die Körperbehaarung nimmt in der Pubertät zu. Speziell Schamhaare, Achselhaare und der Bartwuchs bei Jungen entwickeln sich.

13 Jugendliche haben aufgrund der Umstrukturierung häufig schwerer, ihre Impulse & Gefühle zu kontrollieren.

14 Durch den Wachstumsschub, den Jugendliche in der Pubertät erfahren, hat das Gehirn Schwierigkeiten, mit der Koordination hinterherzukommen.

15 Die Pubertät endet im Durchschnitt mit 21 Jahren, dann sind Körper als auch Gehirn vollständig ausgebildet. Bei Jungen kann es länger dauern.

16 Erkennst du dich bei einem Fakt wieder?

REISEN

1 In Finnland verfügt selbst das Regierungsgebäude über eine Sauna.

2 Venedig ist an seiner schmalsten Stelle gerade mal 53 Zentimeter breit.

3 Der schiefe Turm von Pisa wird im Jahr 2300 den Boden berühren, außer er wird von außen rechtzeitig gestützt.

4 Jede französische Stadt hat eine Victor-Hugo-Straße. Na, da wird sich die Post aber freuen.

5 In Hamburg gibt es über 2.500 Brücken.

6 Schon gewusst, dass der kürzeste Linienflug der Welt gerade mal 2 Minuten dauert? Er verkehrt in Schottland zwischen den Orkneyinseln Westenray und Papa Westenray.

7 In Indien kann man kein „Curry" bestellen - zumindest nicht, wenn man ein ganzes Gericht haben möchte. Das Wort „kari" bedeutet schlicht „Soße" oder „gebraten".

8 Am Toten Meer kriegt man nicht so leicht einen Sonnenbrand. Durch die Dichte der Atmosphäre ist die UV-Strahlung dort schwächer als an den meisten anderen Orten der Welt. Sonnencreme darf dort aber trotzdem nicht fehlen!

9 Der Eiffelturm verändert je nach Jahreszeit seine Größe. Im Sommer dehnt er sich aus, im Winter schrumpft er zusammen – und zwar jeweils bis zu 15 Zentimeter.

10 Das Loch im Flugzeugfenster. Die Tatsache, dass in Flugzeugfenstern ein kleines Loch ist, scheint auf den ersten Blick eher beunruhigend zu sein. Dabei erfüllt es einen wichtigen Zweck: Das Loch reguliert nämlich den Druck auf die drei Scheiben, aus denen die Flugzeugfenster bestehen. Der Druck ist übrigens auch der Grund dafür, warum Flugzeugfenster rund sind.

11 Flugzeuge sind darauf ausgelegt, vom Blitz getroffen zu werden. Schätzungsweise wird jedes Flugzeug bis zu einmal pro tausend Flugstunden von einem Blitz getroffen.

12 Die längste Reise ging 26 Jahre und 890.000 Kilometer. Das Fahrzeug war ein Mercedes.

13 Die längste Kreuzfahrt ging 245 Tage. Die Kosten für die Reise begannen bei 80.000 Euro.

14 Etwa 1,88 Millionen Menschen in Deutschland besaßen im Jahr 2022 ein Wohnmobil bzw. Motorcaravan. Hast du schon Camping-Urlaub gemacht?

15 In Schweden dürfen Camper ihre Zelte überall in der freien Natur aufstellen – solange sie außer Sichtweite eines Hauses bleiben. Sanitär- und Sicherheitsstandards gibt es dann natürlich nicht.

SCHLAFEN

1. Pro Nacht wechseln wir 20-mal unsere Schlafposition. Ganz schön häufig oder was meinst du?

2. Im Schlaf verbrauchen wir etwa 60 Kalorien pro Stunde. Besser als so manch eine Sportart.

3. Im Durchschnitt wachen wir pro Nacht etwa 28-Mal auf, ohne es zu merken.

4. Der Durchschnittsdeutsche schläft um 23:04 Uhr ein und wacht um 06:18 Uhr wieder auf.

5. 47 % der Deutschen schlafen am liebsten in einem Pyjama, gefolgt von T-Shirt, Nachthemd und Slip. Lediglich 5 Prozent schlafen am liebsten, wie Gott sie schuf.

6 Der Mensch schläft etwa ein Drittel seines Lebens.

7 Im Schnitt dauert es sieben Minuten, bis wir einschlafen.

8 46 Prozent der Deutschen greifen zur Bettlektüre, wenn sie Einschlafprobleme haben. Gerade mal 5 Prozent zählen Schäfchen.

9 Pro Nacht sondern wir etwa einen halben Liter Schweiß im Schlaf ab.

10 Den Wachhalte-Rekord hält der Brite Tony Wright mit 266 Stunden, das entspricht einer länge von 11 Tagen.

11 Nur etwa 1 % der Menschen sind Kurzschläfer, die nach weniger als 6 Stunden Schlaf pro Nacht fit und erholt sind.

12 Ein Baby raubt frisch gebackenen Eltern in seinen ersten 2 Lebensjahren insgesamt 6 Monate Schlaf.

13 Wir träumen nur von Gesichtern, die wir schon mal gesehen haben. Das können auch Gesichter sein, die wir tagsüber nicht bewusst wahrgenommen haben.

14 Frauen brauchen etwa 20 Minuten mehr Schlaf als Männer, da das weibliche Gehirn effizienter arbeitet und mehr Zeit braucht, um sich zu regenerieren.

15 Jugendliche schlafen durchschnittlich nur 6,5 Stunden. 20 % von ihnen schlafen sogar 5 Stunden oder weniger. Und wie viel schläfst du?

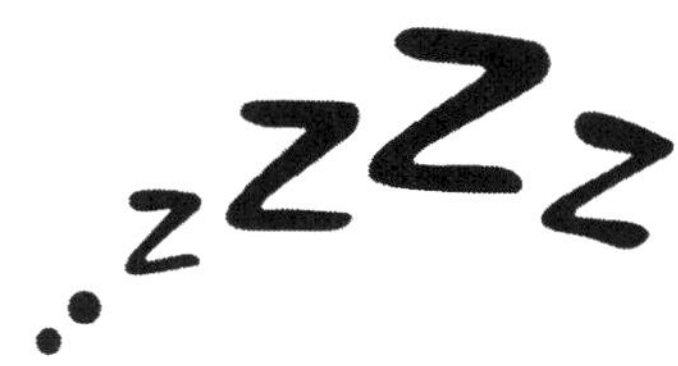

SOCIAL MEDIA

1. Mark Zuckerberg hat die Farbe Blau für seine Plattform Facebook gewählt, da er eine Rot-Grün-Schwäche hat.

2. Etwa 20 % aller Videos auf YouTube haben mit Musik zu tun.

3. Wenn du eine Sicherheitslücke bei Facebook findest und diese meldest, zahlt dir Facebook eine Summe von 500 Dollar.

4. Facebook hat nur 2 Jahre benötigt, um 50 Millionen Personen zu erreichen.

5. Twitter sollte ursprünglich „Friendstalker" genannt werden.

6 TikTok wurde im Jahr 2016 gegründet und war vorher unter dem Namen Musical.ly bekannt.

7 Im Durchschnitt verbringen TikTok Nutzer 52 Minuten am Tag auf der Plattform. Ziemlich viel Zeit, oder?

8 Wusstest du, dass TikTok erst ab 13 Jahren erlaubt ist?

9 Im Juni 2018 sollen nach Medienberichten weltweit etwa 500 Millionen Menschen die Plattform TikTok genutzt haben.

10 Zum 28. November 2022 hatte Khabane Lame rund 152 Millionen Follower auf TikTok und belegte damit den 1. Rang im Ranking der beliebtesten TikTok-Accounts weltweit.

142 37 27

11 Zum 12. Dezember 2022 hatte Cristiano Ronaldo rund 515 Millionen Instagram-Follower und belegte damit den 2. Rang. Nur Instagram selber hatte mit 578 Millionen Follower mehr Follower.

12 Das erste Bild auf Instagram wurde am 16. Juli 2010 gepostet. Es war ein Bild von einem Hund, welches von Mitgründer Kevin Systrom veröffentlicht wurde.

13 Wusstest du das, Snapchat über 186 Millionen aktive Benutzer täglich hat.

14 Als Snapchat im Juli 2011 auf dem Markt kam, erhielt es zunächst den Namen „Picaboo". Welcher Name gefällt dir besser?

15 Der beliebteste Instagram-Post aller Zeiten ist der Beitrag von „Lionel Messi mit dem Weltmeister-Pokal". Es hat mittlerweile über 70 Millionen Likes. Hast du es auch schon geliket?

SPORT

1 Wusstest du, dass der VfL Gummersbach (Handball) von der Ligagründung im Jahr 1966 bis zum Abstieg 2019 ununterbrochen der Handball-Bundesliga der Männer angehörte?

2 Die erste Hallen-Handball-Weltmeisterschaft fand 1938 in der Berliner Deutschlandhalle statt.

3 Das Tennisspiel kommt aus Großbritannien

4 Jährlich versuchen etwa 100 Menschen, schwimmend den Ärmelkanal zwischen Dover und Calais zu überwinden. Über 1.300 Schwimmer haben die 32 Kilometer im kalten Wasser schon bezwungen. Gehst du gerne schwimmen?

5 Der Boxring wird als „Ring" bezeichnet, weil er früher tatsächlich rund war. Statt seiner heutigen Form standen die Zuschauer zu Beginn des Sports meist nur im Kreis um die Kämpfer herum.

6 1949 wurde ein Boxkampf zwischen dem Boxer Gus Waldorf und einem Bären ausgetragen. Der Bär erhielt einen Maulkorb und ihm wurden Boxhandschuhe angezogen, um „faire“ Bedingungen für beide Kämpfer zu schaffen. Schlussendlich gewann jedoch der Bär.

7 Der Weltrekord im „Die meisten Liegestütze an einem Tag“ liegt bei 46.001. Wie viele schaffst du?

8 Von 1912 bis 1948 war Architektur eine olympische Disziplin.

9 Der australische Ruderer Bobby Pearce gewann 1928 bei den Olympischen Spielen gegen acht andere Wettkämpfer und das, obwohl er während des Ruderrennens anhielt, um Enten vor sich vorbei ziehen zu lassen. #Ehrenmann?

10 Im Jahr 1957 musste eine Seniorin aus einem Baseball-Stadion gebracht werden, weil sie ein Ball direkt im Gesicht traf. Als die Sanitäter sie abtransportierten, wurde sie von einem weiteren Ball getroffen. Das schmerzt, oder?

11 2002 trat der Langstreckenläufer Tom Johnson in einem 80-Kilometer-Rennen gegen ein Pferd an. Er lief die Strecke in fünf Stunden und 45 Minuten und kam damit zehn Sekunden vor dem Pferd an.

12 Der Bogenschütze Matt Stutzman hält den Weltrekord für den längsten Schuss mit Pfeil und Bogen unter olympischen Bedingungen. Er traf auf eine Entfernung von 283,47 Metern. Das Besondere ist dabei, dass Matt Stutzman aufgrund einer Behinderung keine Arme mehr besitzt und den Bogen deshalb mithilfe seiner Füße benutzt.

13 Als der chinesische Basketballspieler Yao Ming das erste Mal für seine neue Mannschaft in Houston antrat, wurde dies mit 8.000 Glückskeksen gefeiert, die an die Fans verteilt wurden. Ming war darüber mehr als überrascht, da er noch nie in seinem Leben einen Glückskeks gesehen hatte. Glückskekse sind nämlich keine chinesische, sondern eine amerikanische Erfindung.

14 Schon gewusst? Die Sportart Badminton wurde zu Beginn noch als „Poona" bezeichnet. Irgendwie süß, oder?

15 Anna Kopchovsky, die 1894 als erste Frau mit dem Fahrrad um die Welt gefahren ist, hatte erst wenige Tage vor ihrem Start gelernt, wie man Fahrrad fährt. Sie legte die gesamte Strecke in 15 Monaten zurück und erhielt dafür eine Prämie über 10.000 Dollar.

STREAMING

1 Netflix gibt es bereits seit 1997. Das eigentliche Streaming von Filmen & Serien ist allerdings erst seit 2007 möglich.

2 Wieso heißt es Netflix? „Net“ steht für „Netz“ und kommt offensichtlich vom Wort „Internet“. Flix wiederum ist eine umgangssprachliche Schreibweise für das englische Wort „Flicks“, das wiederum ein Synonym für „Filme“ ist. Zusammengesetzt bedeutet der Name Netflix also so viel wie: Filme aus dem Netz.

3 Wow! Es gibt über 76.000 Kategorien für Filme & Serien auf Netflix.

4 Aktuell würde man über 36.000 Stunden benötigen, um alle Inhalte auf Netflix zu streamen. Somit wäre man über 4 Jahre beschäftigt.

5 Teilst du auch? Ca. 41 % aller Nutzer zahlen keinen Euro an Netflix, sondern teilen sich einen Account.

LIVE STREAM

6 23 Millionen Deutsche nutzen Streaming-Abos.

7 Amazon wollte Netflix für 16 Millionen Dollar kaufen. Damals war Netflix gerade mal 2 Monate alt.

8 Netflix ist älter als Google.

9 Spotify wurde 2006 gegründet und hat rund 456 Millionen aktive Nutzerinnen & Nutzer.

10 Spotify hat mehr als 70 Millionen Songs. Was ist dei Lieblingssong?

LIVE STREAM

11 Walt Disney ist mit 26 Oscars die Person mit den meisten Oscars aller Zeiten.

12 6.469.952 schwarze Punkte: So viele benötigte es insgesamt, um die Dalmatiner des Films „101 Dalmatiner" zu zeichnen.

13 „Rapunzel - Neu verwöhnt" sichert sich, mit einem Produktionsbudget von 220 Millionen Euro, den Platz als teuerster Animationsfilm.

14 Auf Twitch gibt es über 10 Millionen aktive Streamer.

15 Der durchschnittliche Zuschauerwert auf Twitch beträgt 2,6 Millionen. Wo schaust du am liebsten?

LIVE STREAM

TIERE

1. Das faulste Tier der Welt ist der Koala. Er schläft rund 20 Stunden pro Tag! Das klingt nach einem entspannten Leben!

2. Wusstest du, dass Bienen und Hummeln vorwärts und rückwärts fliegen können?

3. Um sich zu wiederzuerkennen, küssen sich Eichhörnchen bei einer Begegnung.

4. Es gibt Studien, dass Kühe mehr Milch geben, wenn sie ruhige Musik hören.

5. Pferde trinken gerne und viel: Durchschnittlich trinken sie bis zu 30-60 Liter Wasser am Tag.

6. Die Zunge eines Chamäleons ist in etwa doppelt so lang, wie sein Körper.

7. Wenn einer Schnecke das Wetter nicht gefällt, kann sie sich für bis zu drei Jahre in ihrem Haus verstecken.

8. Faultiere klettern nur einmal pro Woche auf den Boden - zum kacken.

9. Schildkröten können nicht nur bis zu 120 Jahre alt werden. Sie können außerdem durch ihren Panzer fühlen.

10. Giraffen haben so lange Zungen, sie können damit ihre eigenen Ohren lecken.

11 Krokodile können 3 Jahre lang ohne Futter überleben.

12 Flamingos pinkeln zum abkühlen ihre eigenen Beine an.

13 Haie produzieren dauerhaft neue Zähne. Laut Forschungen produzieren Haie bis zu 30.000 Zähne in einem Leben.

14 Wusstest du, dass Bienen nie schlafen?

15 Fledermäuse sind die einzigen Säugetiere, die fliegen können.

WÄHRUNGEN

1. Die kleinste Banknote der Welt ist der rumänische Bani-Schein aus dem Jahr 1917.

2. Die größte Banknote der Welt kommt von den Philippinen. Es ist der 100.000 Piso-Schein und ist größer als eine Din-A4-Seite.

3. Auf Kuba existieren zwei Währungen: Eine für Einheimische und eine für Touristen. Verrückt, oder?

4. 1946 gab es in Ungarn eine Banknote mit einem Wert von einer Trilliarde. Sprich eine 1 mit sage und schreibe 21 Nullen.

5. 2006 kamen Euro-Geldscheine auf den Markt, die bei Berührungen zerbröselten. Es waren über 4.700 solcher Banknoten betroffen.

6 Egal, in welcher Währung, die Herstellung eines Geldscheins kostet zwischen 0,02 und 0,1 Euro.

7 Keiner ist dazu verpflichtet, mehr als 50 Münzen anzunehmen.

8 Wenn es in einem Geschäft nach Orangen riecht, gibt man dort nachweislich mehr Geld aus. Ist es dir schon passiert?

9 Das Sprichwort „Geld Stinkt nicht" stammt vom römischen Kaiser Vespasian.

10 Ausgemusterte Geldscheine werden in Deutschland in genau 800 Schnipsel zerhäckselt.

11 Durchschnittlich bekommt ein Kind in Deutschland bis zum 18. Geburtstag sage und schreibe 10.040 € Taschengeld. Wie viel Taschengeld bekommst du?

12 Die erste Kartenzahlung in Deutschland war im Januar 1968.

13 Deutschland bunkert 3.378 Goldbarren als Währungsreserve.

14 Die Idee des Euros ist über 400 Jahre alt.

15 Wusstest du, dass Banknoten ein Verfallsdatum haben? In Deutschland sind die Noten zwischen einem und fünf Jahren im Umlauf. Danach werden sie geschreddert, gepresst und verbrannt.

WELTRAUM

1 Ziemlich gruselig, aber der gesamte Weltraum ist fast vollkommen still.

2 Die Sonne nimmt mehr als 99 % der Masse unseres Sonnensystems ein.

3 Es gibt einen Planeten, der aus Diamanten besteht und doppelt so groß ist, wie die Erde. Ziemlich cool, oder?

4 Außerdem regnet es Diamanten auf dem Jupiter und dem Saturn.

5 Der größte Asteroid im Weltraum hat einen Durchmesser von 530 Kilometern.

6 Der Mars ist ausschließlich von Robotern bewohnt, die von der Erde gesteuert werden können.

7 Es gibt mehr Bäume auf der Welt als Sterne in der Milchstraße. Hättest du das gedacht?

8 Aber im Universum gibt es mehr Sterne als Sandkörnchen auf der Erde.

9 Die Stiefelabdrücke von der ersten Mondlandung sind wahrscheinlich auch noch in 3 Millionen Jahren auf dem Mond vorhanden.

10 Ein Mensch könnte knapp 2 Minuten im Weltall ohne Schutzanzug überleben.

11 Asien ist von der Fläche her, größer als der Mond.

12 Sonnenuntergänge auf dem Mars erscheinen in einem Blauton.

13 Nach aktuellem Wissensstand ist die Erde der einzige Planet auf dem ein Feuer brennen kann. Auf den anderen Planeten ist nicht genug Sauerstoff dafür vorhanden.

14 Die NASA plant den Anbau von Pflanzen auf dem Mond innerhalb der nächsten Jahre.

15 Auf dem Merkur dauert ein Tag - also eine Umdrehung um die eigene Achse - 59 Erdtage.

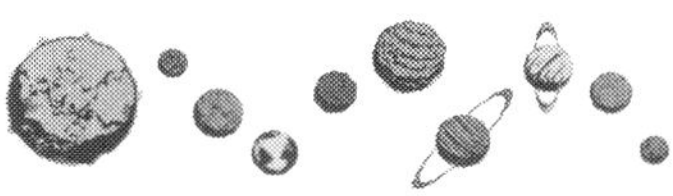

JUGEND-WÖRTER

2008 Gammelfleischparty
Eine Ü-30 Party

2009 Hartzen
Arbeitslos sein und faul rumhängen.

2010 Niveaulimbo
Wenn das Niveau immer mehr abnimmt und Witze/Gespräche immer seichter werden.

2011 Swag
Coole Ausstrahlung.

2012 Yolo
Abkürzung von: You only live once.

2013 Babo
Chef, Boss, Leader.

2014 Läuft bei dir!

Wenn alles gut läuft und alles klappt. Oder eben als Ironie, wenn es gar nicht läuft.

2015 Smombie

Zusammengesetzt aus Smartphone und Zombie. Menschen, die wie Zombies durch die Straßen laufen und nur auf ihr Smartphone starren.

2016 Fly sein

Wenn jemand besonders gut ist.

2017 I bims

Eine Formulierung aus der Vong Sprache.

2018 Ehrenmann/Ehrenfrau

Jemand, der etwas ganz besonderes für jemand anderen macht.

2019 Wahl hat nicht stattgefunden

2020 Lost

Ahnungslos, unsicher oder unentschlossen.

2021 Cringe

Drückt ein Gefühl des Fremdschämens aus.

2022 Smash

Mit jemandem etwas anfangen; vom Spiel „Smash or Pass".

NACHWORT

Das Buch "Unnützes Wissen für Teenager" ist eine Sammlung von interessanten und manchmal verblüffenden Fakten, die du vielleicht noch nicht wusstest. Es handelt sich um Wissen, das zwar nicht unbedingt für den Alltag oder die Schule relevant ist, aber dennoch spannend und unterhaltsam ist.

Es ist immer gut, mehr über die Welt um uns herum zu erfahren und neues Wissen aufzusaugen. Du wirst vielleicht überrascht sein, wie viele interessante Dinge es noch gibt, die du nicht über die Welt wusstest. Du wirst vielleicht auch feststellen, dass du das Eine oder andere Faktum, das du aus dem Buch gelernt hast, irgendwann einmal in einer Unterhaltung oder bei einem Quiz verwenden kannst.

Insgesamt hoffen wir, dass du das Buch genossen hast und dass du viel Neues und Interessantes gelernt hast. Wir hoffen auch, dass es dich dazu anregt, weiterhin neugierig zu bleiben und dich für die Welt um dich herum zu interessieren. Es gibt noch so viel mehr zu entdecken und zu lernen – lass dich davon anstecken!

Printed in Poland
by Amazon Fulfillment
Poland Sp. z o.o., Wrocław

19560995R00072